CONTOS DE NATAL E NEVE

ZACHARIAS TOPELIUS

Coleção
Norte-Sul

ABOIO

CONTOS DE NATAL E NEVE

ZACHARIAS TOPELIUS

Tradução e Organização
Guilherme da Silva Braga

Sampo Lappelill	**13**
O Natal dos trolls	**33**
O tomte do castelo de Åbo	**45**

APRESENTAÇÃO
por Guilherme da Silva Braga

Embora o idioma mais falado na Finlândia seja o finlandês, o sueco é a segunda língua oficial do país. Foi nesse idioma minoritário, falado hoje por apenas 5% da população local, que o finlandês de expressão sueca Zacharias Topelius (1818-1898) escreveu suas obras.

Um rápido lance de olhos sobre a vasta produção de Topelius – que se estende por 23 volumes na edição mais recente de sua obra completa – dá uma ideia quanto à versatilidade do autor: há poemas, romances e peças de teatro; relatos históricos, obras de geografia e textos religiosos; e ainda cartas e diários, entre outros. Mas parece ter sido graças às fábulas e histórias infantojuvenis que Topelius ganhou renome fora do país de origem – e foi com base nesse conjunto de textos, originalmente reunidos sob o título *Läsning för barn* ("Leituras para crianças"), que este *Contos de Natal e neve* foi pensado e organizado.

O volume abre com "Sampo Lappelill" (1860), a saga em miniatura de um menino sámi que, em pleno inverno da Lapônia, decide explorar sozinho a morada de Hiisi, o temível rei da montanha. Em uma narrativa fantástica, repleta de animais falantes e criaturas sobrenaturais do folclore nórdico, o pequeno Sampo corre um perigo enorme – mas consegue salvar-se no último instante. Esta é uma das histórias mais traduzidas de Topelius, e possivelmente a mais antiga fábula conhecida a trazer uma criança sámi como herói e protagonista.

"O Natal dos trolls" (1857, com modificações posteriores) traz como personagem central a figura originalmente pagã do bode de Natal, chamado *olkipukki* em finlandês e *julbock* em sueco. Na história, o bode de Natal desempenha um papel similar ao do Papai Noel, e logo ao chegar pergunta se as crianças da casa comportaram-se bem ao longo do ano. Lotta e Fredrik mostram-se incomodados ao saber que vão ganhar menos presentes do que esperavam porque ao longo do caminho o bode distribuiu parte do que trazia a crianças mais pobres – e assim os dois são magicamente transportados à morada dos trolls para aprender uma lição.

O conto que encerra o volume, "O tomte do castelo de Åbo" (1849), é uma homenagem ao castelo real que existe na cidade finlandesa de Turku, em sueco chamada Åbo. Construído no final do século XIII, o castelo de Turku/Åbo foi palco de inúmeros acontecimentos importantes na história da Finlândia, porém na metade do século XVIII encontrava-se em estado bastante precário de conservação. Na história de Topelius, o tomte [plural: tomtar] – o pequeno guardião sobrenatural do castelo – trava uma inusitada relação de amizade com o zelador Matts Mursten e ajuda o amigo humano a conservar e manter o velho castelo ao longo de muitos anos. O sucesso da narrativa de Topelius foi um dos motivos que mais tarde levaram à restauração do castelo – até hoje um dos principais cartões-postais da cidade.

***

Um traço comum às narrativas aqui reunidas é a mistura entre figuras pertencentes ao folclore e à mitologia nórdica e ideias ligadas ao cristianismo e à figura de Jesus. Embora Topelius fosse cristão e tenha escrito textos religiosos e salmos, a caracterização vívida e instigante de personagens pagãos como o grão-lobo de Rastekais, o tomte do castelo de Åbo e até mesmo Väinämöinen – herói do épico finlandês *Kalevala* – põe o leitor a imaginar um universo bem mais vasto do que as poucas páginas ocupadas por cada uma dessas histórias. Talvez por isso mesmo Topelius, ao lado de Hans Christian Andersen, seja ainda hoje considerado um dos grandes fabulistas do norte da Europa.

SAMPO LAPPELILL
Uma fábula da Lapônia

Era uma vez um Velho Lapão e uma Velha Lapã. Você sabe o que isso significa?

Os lapões são um povo que mora no extremo norte, ainda mais ao norte do que os suecos, os noruegueses e os finlandeses. Onde já não se veem lavouras nem florestas ou casas propriamente ditas, mas apenas musgo inóspito, altas montanhas e pequenas cabanas nas quais você entra por um buraco – é lá que vivem os lapões. A Lapônia é um lugar espantoso. Metade do ano é claro praticamente o tempo inteiro, e o sol nunca se põe no alto do verão; e metade do ano é escuro praticamente o tempo inteiro, e as estrelas cintilam durante todo o dia. Você pode andar de trenó por dez meses do ano, e nessas horas os lapões e as lapãs cruzam a neve em pequenos barquinhos chamados pulkor, que são puxados não por um cavalo, mas por uma rena. Você já viu uma rena? É um bicho do tamanho de um cavalo pequeno e cinzento, mas não se parece com um cavalo: as renas têm longas galhadas, um pescoço baixo e uma cabecinha bonita com dois olhos grandes e brilhantes; e, ao correr, levantam nuvens de neve por encostas e montanhas enquanto os cascos estalam contra o chão. O Velho Lapão sentado no pulka gosta disso e queria que as condições fossem sempre boas daquele jeito para andar de trenó durante o ano inteiro.

Como eu disse, era uma vez um Velho Lapão e uma Velha Lapã. Os dois moravam num lugar da Lapônia chamado Aimio, às margens do grande rio Tenojoki, ou Tana. Esse rio você encontra bem ao norte no mapa da Finlândia: os contornos da Lapônia são como uma grande touca branca na cabeça da Finlândia. Aimio é um lugar inóspito e selvagem, mas o Velho Lapão e a Velha Lapã sabiam muito bem que em nenhum outro lugar da terra seria possível encontrar neve mais branca, estrelas mais brilhantes ou auroras boreais mais incríveis. Lá eles haviam construído uma cabana tradicional da Lapônia. No extremo norte não crescem árvores, somente bétulas pequenas e raquíticas que mais se parecem com arbustos – por isso não era possível encontrar vigas de madeira robusta. Assim eles fincaram longos gravetos finos na neve e os amarraram no topo. Depois estenderam peles de rena por cima dos gravetos assim preparados e a cabana ficou pronta – o resultado era como um pão de açúcar cinzento. Mas no alto desse pão de açúcar havia um buraco por onde saía a fumaça da lareira acesa, e no lado sul havia outro buraco por onde você podia entrar e sair da cabana. Assim eram as cabanas da Lapônia, e os lapões achavam-nas bonitas e quentinhas e sentiam-se muito bem lá dentro, mesmo que as cabanas não tivessem camas nem assoalho a não ser pela neve branca.

O Velho e a Velha tinham um filho chamado Sampo, que significa alegria em lapão. Mas Sampo era tão rico que tinha dois nomes: só um não era bastante. Certa vez dois estrangeiros vestidos com grossas peles haviam chegado, e os dois foram recebidos na cabana. Os estrangeiros tinham consigo um tipo de neve que a Velha Lapã nunca tinha visto e que se chamava açúcar. Eles deram pedacinhos dessa neve para Sampo, afagaram-lhe o rosto e disseram: Lappelill! Lappelill! Mais não puderam dizer, porque nenhum deles falava lapão. E depois eles seguiram viagem rumo ao Oceano Ártico e o Cabo Norte, o ponto mais setentrional da Europa. Mas a Velha Lapã tinha gostado daqueles senhores estrangeiros e da neve doce que haviam trazido; e assim também começou a chamar o menino de Lappelill.

– Eu acho que Sampo é um nome muito melhor – disse o Velho, irritado. – Sampo significa "riqueza", e você não devia fazer pouco caso disso! O nosso Sampo um dia ainda vai ser o rei da Lapônia, com mil renas e cinquenta cabanas. Você vai ver só!

– Mas Lappelill soa muito bem – disse a Velha. E assim a mãe o chamava de Lappelill, e o pai o chamava de Sampo.

Mas é bom saber que o menino ainda não era batizado, porque não havia nenhum pastor em um raio de duzentos quilômetros.

– No ano que vem o pastor batiza o menino – o pai costumava dizer.

Mas no ano seguinte houve um imprevisto, e o pastor não pôde fazer a viagem, e o menino continuou sem o batismo.

Sampo Lappelill era um menino gorducho de sete ou oito anos, com cabelos pretos, olhos castanhos, nariz redondo e boca larga, como o pai – mas na Lapônia todas essas coisas eram consideradas marcas de beleza. E Sampo era corajoso para a idade: tinha um pequeno par de esquis com os quais descia as encostas dançando rumo ao Tana e também uma pequena rena, que amarrava ao próprio pulka. Ah, você devia ter visto a neve rodopiar ao redor de Sampo enquanto ele deslizava no gelo e atravessava os montes de neve, quando não se via nada além de um tufo preto da franja dele!

– Nunca vou sossegar enquanto o menino não for batizado – disse a Velha. – Talvez um dia os lobos peguem-no nas montanhas. Ou então ele pode topar com a rena de Hiisi, que tem os chifres dourados, e nessa hora coitado de quem não foi batizado!

Sampo ouviu essas palavras e começou a pensar sobre que rena seria essa com chifres dourados.

– Essa rena deve ser muito bonita – ele disse.
– Um dia ainda vou levá-la à frente do meu trenó até Rastekais! – Rastekais é uma montanha muito alta e muito inóspita que pode ser vista de Aimio, embora fique a cinquenta ou sessenta quilômetros de distância.

– Não fale uma besteira dessas, menino insolente! – praguejou a mãe. – Rastekais é a morada dos trolls, e é lá que Hiisi mora.

– Quem é Hiisi? – perguntou Sampo.

A Velha ficou constrangida.

"Então o menino tem ouvidos!", ela pensou. "Por que eu falaria sobre essas coisas na frente dele? Por outro lado, talvez seja bom: assim ele teria medo de Rastekais." Então ela disse:

– Meu querido Lappelill, prometa que você nunca vai a Rastekais, porque lá mora Hiisi, o grande rei da montanha, que come renas inteiras e engole meninos como se fossem mosquitos!

Sampo pareceu muito pensativo ao ouvir essas palavras, mas assim mesmo se manteve em silêncio. Por dentro ele pensou: "seria incrível ver um gigante como o rei da montanha – mas só de longe!".

Já haviam se passado três ou quatro semanas desde o Natal, e tudo continuava escuro na Lapônia. Por lá não existia manhã, dia ou tarde, apenas uma noite constante, na qual a lua cintilava, a aurora boreal estalava e as estrelas ardiam o tempo inteiro. Sampo estava aborrecido. Já fazia tanto tempo desde o último dia claro que Sampo já tinha quase esquecido o jeito do sol, e quando ouvia falar no verão, tudo o que lhe vinha à cabeça eram os terríveis mosquitos que sempre queriam devorá-lo. Assim, Sampo pensou que o verão podia muito bem nunca mais voltar, desde que os dias clareassem o bastante para que ele pudesse esquiar.

Um dia, na hora do almoço (embora tudo estivesse às escuras) o Velho Lapão disse:

– Venha cá ver uma coisa! – Sampo saiu da cabana e olhou para o sul, na direção que o pai apontava. Nesse momento Sampo viu uma estreita franja vermelha muito baixa no céu. – Você sabe o que é aquilo? – perguntou o Velho Lapão.

– É a aurora austral – disse o menino. Sampo tinha uma noção dos pontos cardeais e sabia muito bem que a palavra "boreal" estava relacionada ao norte.

– Não – disse o Velho. – É o prenúncio do sol. Amanhã ou depois pode ser que o sol apareça. Veja que estranho aquele brilho vermelho no topo de Rastekais!

Sampo virou-se em direção ao oeste e viu que ao longe a neve ganhava tons vermelhos no topo escuro e triste de Rastekais, de um jeito como ele nunca tinha visto. Logo Sampo teve mais uma vez a ideia de que seria ao mesmo tempo incrível e assustador ver o rei da montanha de longe.

Ele passou o dia inteiro e metade da noite pensando no assunto. Queria dormir, mas não conseguia. "Ah", ele pensava, "seria inesquecível ver o rei da montanha, nem que fosse uma vez!" E enquanto pensava e pensava, por fim Sampo esgueirou-se em silêncio para fora da pele de rena que o cobria e saiu pelo buraco da cabana. Estava tão frio que as estrelas faiscavam e a neve rumorejava sob os pés. Mas Sampo Lappelill não era mimado, e assim não se importou nem um pouco. Além do mais ele estava usando casaco de pele, calças de pele, sapatos lapões, touca de pele e luvas de pele. Equipado dessa forma, Sampo olhou para as estrelas e perguntou a si mesmo o que fazer a seguir.

Logo ele ouviu que não muito longe sua pequena rena cavoucava a neve.

"E se eu saísse para dar um passeio?", ele pensou.

Dito e feito. Sampo prendeu a rena ao pulka, como tinha por hábito fazer, e saiu em alta velocidade pelo enorme campo de neve vazio. "Vou andar só um pouquinho em direção a Rastekais, só um pouquinho mesmo", ele pensou de si para si. Logo Sampo atravessou o rio congelado e chegou à outra margem do Tana, e assim se viu de repente no reino da Noruega, porque o Tana é a fronteira entre os dois países. Mas Sampo não entendia direito essa parte.

Você, que está lendo a fábula de Sampo Lappelill: por acaso você já cantou a canção chamada "Spring, min snälla ren" [Corra, minha rena querida]? Por acaso você conhece essa linda canção escrita pelo bom bispo Franzén, amada por toda a Suécia e toda a Finlândia, e por acaso já viu o frontispício do quarto volume das belas canções que esse homem escreveu? A letra fala sobre um menino lapão que atravessa a neve com uma rena, e esse menino é justamente Sampo Lappelill. Durante a travessia, ele cantou para si mesmo:

> Muito curto é o dia,
> Muito longa a estrada.
> A canção cantada
> É nossa companhia!
> Aqui não há paz –
> Lobos vêm atrás.

E ao cantar Sampo viu os lobos correrem feito cães cinzentos enquanto tentavam abocanhar a rena em meio à escuridão que rodeava o trenó, porém ele não se preocupou. Sabia que nenhum lobo tinha patas tão ligeiras quanto a querida reninha dele. E então eles andaram por encostas e pedras a uma velocidade que fazia o vento soar nos ouvidos! Sampo Lappelill deixou-se levar. Claque!, faziam os cascos ao bater contra a neve, e a lua no céu corria no encalço da rena, e as montanhas pareciam dar saltos para trás, mas Sampo deixou-se levar. Era bom andar de trenó, e ele não pensava em mais nada.

Porém logo aconteceu que, em uma curva fechada na descida de uma encosta, o pulka virou e Sampo caiu do trenó em cima de um monte de neve. Mas a rena não percebeu, e em vez disso achou que Sampo ainda estava no pulka e continuou a correr enquanto Sampo tinha a boca cheia de neve, e assim não pôde fazer puá-puá-puá (um som que se usa para acalmar os cavalos, mas não as renas!). Ele ficou lá como um rato-da-montanha perneta, em meio à noite e em meio àquela paisagem desolada e interminável, onde ninguém morava em um raio de dezenas de quilômetros.

A princípio Sampo ficou um pouco surpreso, e seria fácil entender o motivo. Ele se pôs de pé e notou que não tinha se machucado – mas de que isso adiantava? Até onde enxergava sob o luar, ele não via nada além de montes e campos de neve e montanhas altas. Porém uma montanha se erguia acima de todas as outras, e Sampo compreendeu que aquela devia ser Rastekais. Em seguida acudiu-lhe a lembrança de que lá morava o temível rei da montanha, que comia renas inteiras e engolia meninos como se fossem mosquitos. E então o medo tomou conta de Sampo. Ah! Naquele momento, como desejou estar em casa com o pai e a mãe na cabana aquecida! Mas como voltar para casa? Será que antes disso o rei da montanha não o encontraria no monte de neve e não o engoliria, de calças e luvas, como se não fosse mais do que um pobre mosquito?

Sampo Lappelill ficou sozinho em meio à neve e à escuridão nas montanhas inóspitas da Lapônia. E foi muito estranho e muito terrível quando ele viu mais à frente a sombra enorme e preta de Rastekais, onde morava o rei da montanha. Chorar não adiantou de nada, porque todas as lágrimas de Sampo congelavam ainda nos olhos e rolavam como ervilhas pela blusa de pele de rena. Sampo achou então que chorar era desnecessário e saiu do monte de neve para correr um pouco e esquentar o corpo.

– Se eu parar vou morrer congelado – ele disse de si para si. – Nesse caso prefiro encontrar o rei da montanha. Se ele me devorar, paciência. Mas eu vou dizer para ele que seria melhor comer os lobos aqui da montanha: eles são mais gordos do que eu, e ele teria menos problemas com as peles.

E assim Sampo começou a escalar a alta montanha. Não foi preciso escalar muito até que ele começasse a ouvir passos na neve, e em seguida um lobo peludo saltou ao lado dele. O coraçãozinho do menino lapão levou um susto, mas ele resolveu fingir que não sentia medo nenhum.

– Saia da minha frente! – Sampo gritou para o lobo. – Eu tenho assuntos a tratar com o rei da montanha. E não chegue mais perto de mim se não quiser arriscar a sua pele!

– Ora, ora, quanta pressa! – disse o lobo, pois em Rastekais todos os animais sabiam falar. – Quem é você, pingo de gente, para estar subindo a montanha?

– O meu nome é Sampo Lappelill – respondeu o menino. – E você, quem é?

– Eu sou o grão-lobo do rei da montanha – respondeu o monstro –, e acabo de correr pelas montanhas chamando todos os súditos para o grande festival do sol. Como estamos seguindo pelo mesmo caminho você pode subir nas minhas costas e ir montado até Rastekais.

Sampo não pensou um instante sequer e saltou nas costas peludas do lobo, e assim os dois seguiram a galope em meio a desfiladeiros e precipícios.

– O que é o festival do sol? – perguntou Sampo.

– Você não sabe? – perguntou o lobo. – No fim do inverno que mantém a Lapônia às escuras, quando o sol ressurge nas alturas celestes, todos nós celebramos esse grande momento. Todos os animais e todos os trolls aqui do norte se reúnem em Rastekais, e nesse dia nenhum de nós pode fazer mal aos outros. Foi uma sorte enorme, Sampo Lappelill; pois de outra forma eu já teria devorado você.

– E essa mesma lei também vale para o rei da montanha? – perguntou Sampo.

– Claro que vale – respondeu o lobo. – Uma hora antes do nascer do sol e uma hora após o pôr do sol nem mesmo o rei da montanha se atreveria a tocar num fio de cabelo seu. Mas tome cuidado na hora que o tempo acabar, porque se você ainda estiver na montanha cem mil lobos e mil ursos vão saltar em cima de você, e o rei da montanha pega o primeiro que aparecer pela frente, e esse seria o fim de Sampo Lappelill.

– Será que você poderia fazer a gentileza de me ajudar na hora de ir embora? – Sampo perguntou com o coração acelerado.

O lobo começou a rir (pois em Rastekais os lobos sabiam rir).

– Nem pense numa coisa dessas, meu caro Sampo – ele respondeu. – Pelo contrário: eu seria o primeiro a fincar as garras em você. Você é um menino esperto e gorducho; notei que você ganhou peso tomando leite de rena e comendo queijo de rena. Com certeza você seria um prato delicioso no café da manhã.

Sampo pensou que talvez fosse melhor saltar das costas do lobo naquele mesmo instante, porém já era tarde demais. Eles haviam chegado ao topo da montanha, e lá Sampo deparou-se com uma cena espantosa. O grande rei da montanha estava sentado no trono à beira de um precipício envolto pelas nuvens, observando vales e montanhas em meio à noite. Na cabeça ele tinha uma touca feita de nuvens brancas de neve; os olhos eram como a lua cheia que paira acima da floresta; o nariz era como o topo de uma montanha; a boca era como um desfiladeiro; a barba era como um tufo de sincelos; os braços eram grossos como o tronco dos maiores pinheiros; as mãos eram como galhos de abeto; as pernas e os pés eram como encostas no inverno, e o largo casaco de pele era como uma montanha de neve. E, se você estiver se perguntando como era possível enxergar o rei da montanha e os súditos em plena noite, fique sabendo que a neve cintilava por toda parte, e que da abóbada celeste a mais linda aurora boreal iluminava os arredores.

Ao redor do rei da montanha estavam sentados milhões de trolls da montanha e tomtar pequenos e cinzentos, que ao marchar naquele exército não deixavam pegadas maiores que as de um esquilo. Todos haviam chegado dos mais longínquos recantos do mundo – de Nova Zembla e Spitsbergen e da Groenlândia e da Islândia, e até mesmo do Polo Norte, para adorar o sol, como selvagens que em razão do medo adoram o Coisa-Ruim; pois os trolls detestam o sol e desejam que nunca mais apareça toda vez que se põe atrás das montanhas inóspitas. Um pouco mais ao longe, todos os animais da Lapônia – tanto os grandes como os pequenos – estavam dispostos em fileiras cerradas, aos milhares e milhares, desde ursos, lobos e carcajus até a fiel rena, o pequeno rato-da-montanha e a pulga – porém os mosquitos tinham encontrado um problema: todos haviam morrido congelados.

Sampo Lappelill olhou admirado para tudo aquilo e desceu com a maior discrição possível das costas do grão-lobo para esconder-se atrás do pedregulho e ver o que aconteceria a seguir.

O rei da montanha ergueu a cabeça, a neve rodopiou ao redor e então a linda aurora boreal brilhou como um halo em volta da testa dele. A aurora boreal projetava raios longos e vermelho-pálidos em forma de estrela pelo céu noturno; estalava e farfalhava como um incêndio na floresta que chega à copa dos pinheiros; expandia-se e a seguir encolhia; e alternava entre um brilho intenso e um brilho mais pálido, de maneira que as pulsações de luz intermitente espalhavam-se como rajadas de vento pelas montanhas nevadas. O rei da montanha estava satisfeito. De repente ele bateu as mãos gélidas, que ribombaram como trovões com o eco da montanha, e os trolls grunhiram de alegria, e os animais por toda parte gritaram de medo. Porém o rei da montanha sentiu-se ainda mais satisfeito quando bradou em meio à paisagem desolada:

– Que assim seja! Que assim seja! Inverno sem fim e noite sem fim! É assim que eu gosto.

– Que assim seja! Que assim seja! – os trolls repetiram com vontade, porque todos gostavam mais da noite e do inverno do que do sol e do verão.

Mas em meio aos animais espalhou-se um rumor, pois todos os predadores, e também o rato-da-montanha, pensavam como os trolls, enquanto as renas e os outros não tinham nada contra o verão, a não ser quando pensavam nos mosquitos da Lapônia. Só a pulga queria um verão sem fim, e assim gritou o mais alto que podia:

– Senhor rei, nós fizemos essa longa viagem para dar boas-vindas ao sol!

– Fique quieto, porcaria de inseto! – berrou o urso-polar ao lado. – Esse encontro é uma tradição muito antiga. Mas seria divertido se a partir desse ano o sol nunca mais voltasse; o sol apagou-se, o sol está morto!

— O sol apagou-se! O sol apagou-se! — balbuciaram todos os animais, e então um arrepio tomou conta de toda a natureza. Mas os trolls do Polo Norte riram tanto que chegaram a perder as toucas. E o grande rei da montanha ergueu novamente a voz de trovão e mais uma vez bradou em meio à paisagem desolada:

— Que assim seja! Que assim seja! O sol está morto. O mundo inteiro vai se prostrar e jurar lealdade a mim, rei do inverno sem fim e da noite sem fim.

Essa declaração irritou Sampo Lappelill, que seguia escondido atrás do pedregulho. Logo ele se revelou e gritou com um jeito atrevido:

— É mentira, é a mais pura mentira! Ontem em meio às nuvens eu vi o prenúncio do sol. A sua barba vai derreter com a chegada do verão!

Ao ouvir essas palavras o rei da montanha escureceu como uma nuvem preta; ele se esqueceu da lei e ergueu os longos braços para esmagar Sampo Lappelill. Porém no mesmo instante a aurora boreal empalideceu e uma franja vermelha surgiu no céu e iluminou o rosto glacial do rei da montanha, que se ofuscou e baixou os braços. E então todos viram os raios do sol erguerem-se lentos e majestosos acima do horizonte e iluminar as montanhas, a paisagem inóspita, os montes de neve, os desfiladeiros, os trolls e o pequeno e bravo Sampo Lappelill. De repente a neve começou a faiscar como se houvesse chovido um milhão de rosas, e o sol reluziu nos olhos e no coração de todos. Mesmo os que haviam celebrado a morte do sol sentiram uma profunda alegria ao vê-lo naquele momento. E foi ridículo ver a surpresa dos trolls. Eles olharam para o sol com os olhinhos cinzentos por baixo das toucas vermelhas e, mesmo contra a própria vontade, foram tomados por um encanto tão profundo que chegaram a apoiar as cabeças na neve – e a barba do grande e temível rei da montanha começou a derreter e formar um pequeno córrego por cima das vestes largas.

Passado o tempo em que todos haviam se alegrado com o sol das mais variadas formas, a primeira hora havia quase chegado ao fim, e Sampo Lappelill ouviu uma rena dizer para o filhote:

– Venha, querido, temos que ir embora, ou então vamos ser devorados pelos lobos!

E nessa hora Sampo também pensou no destino que o aguardava caso se demorasse. Quando em seguida notou a presença de uma linda e majestosa rena de chifres dourados ele não pôde mais se conter, e assim pulou nas costas da rena e os dois começaram a galopar montanha abaixo.

– Que estranho rumor é esse que se ouve atrás de nós? – Sampo perguntou logo depois, quando já havia recuperado o fôlego após a carreira inesperada.

– São mil ursos que correm em nosso encalço para nos devorar – respondeu a rena. – Mas não tenha medo: eu sou a rena mágica do rei da montanha, e urso nenhum jamais abocanhou minhas patas.

Os dois avançaram mais um pouco. Então Sampo perguntou:

– Que respiração ofegante é essa que se ouve atrás de nós?

A rena respondeu:

– São cem mil lobos que vêm a galope em nosso encalço, para dilacerar a mim e a você. Mas não tenha medo: lobo nenhum jamais me alcançou na paisagem inóspita da montanha.

Novamente os dois avançaram mais um pouco, e então Sampo perguntou:

– Foi um trovão que estrondeou nas montanhas atrás de nós?

– Não – disse a rena, que logo começou a tremer pelo corpo inteiro. – Esse é o próprio rei da montanha, que se aproxima a passos de gigante, e agora estamos acabados, porque dele ninguém pode fugir.

– Não há nada a fazer? – perguntou Sampo.

– Não – disse a rena. – Não existe salvação, a não ser que tentemos chegar à casa pastoral nas margens do lago Enare. Se conseguirmos chegar estaremos a salvo, porque o rei da montanha nada pode contra os cristãos.

– Ah – exclamou Sampo. – Então corra, minha reninha querida, corra por campos e montanhas, e eu prometo lhe dar aveia de ouro numa cocheira de prata!

E a rena correu e correu para salvar a própria vida, e assim que entraram na cabana do pastor os dois notaram que o rei da montanha já estava por lá, batendo na porta com tanta força que a casa inteira parecia estar prestes a desabar.

– Quem é? – perguntou o pastor.

– Sou eu! – respondeu a voz de trovão que estava no pátio. – Abra para o rei da montanha! Temos aqui uma criança não batizada, e todos os pagãos me pertencem.

– Espere um pouco para que eu possa vestir o talar e o peitilho e receber com dignidade uma visita tão ilustre – o pastor disse ainda lá dentro.

– Tudo bem – bradou o rei da montanha. – Mas se apresse, senão vou chutar as paredes da casa até arrebentá-las!

– Já vou, já vou, meu caro! – respondeu o pastor.

No mesmo instante o pastor pegou uma tigela d'água que estava no interior da casa e batizou Sampo Lappelill em nome do pai, do filho e do espírito santo.

– Ainda não está pronto? – bradou o rei da montanha, erguendo o terrível pé a fim de derrubar a casa.

Porém logo o pastor abriu a porta com uma expressão confiante no rosto e disse:

– Suma daqui, rei da noite e do inverno, pois já não há mais nada a fazer com esse menino! A misericórdia de Deus agora brilha acima de Sampo Lappelill, e ele não pertence mais a você, mas ao reino de Deus!

O rei da montanha se enfureceu tanto que na mesma hora teve início uma borrasca assustadora, e começou a nevar tanto, mas tanto, que a neve cobriu a casa pastoral inteira, até a altura do teto, e todos imaginaram que aquele monte de neve faria as vezes de um túmulo. Somente o pastor manteve a calma e pôs-se a ler as orações do livro sagrado enquanto aguardava o despontar da manhã. E, quando a manhã chegou, o sol brilhou sobre a neve, e a neve derreteu e a casa pastoral foi salva, mas o rei da montanha havia desaparecido – ninguém sabe ao certo, porém muitos imaginam que ainda hoje viva como o rei de Rastekais.

Sampo Lappelill agradeceu ao bom pastor e conseguiu um pulka emprestado. Depois Sampo amarrou a rena de chifres dourados ao pulka do pastor e voltou para a casa dos pais em Aimio. Foi uma grande alegria quando Sampo Lappelill voltou de forma inesperada para casa. Mais tarde Sampo tornou-se um senhor importante, que deu à rena aveia de ouro numa cocheira de prata, mas essa é uma outra história, longa demais para contar aqui. Dizem que desde então os lapões não postergam mais o batismo das crianças de um ano para o outro – pois quem gostaria de ver os próprios filhos devorados pelo temível rei da montanha? Sampo Lappelill entende o que isso quer dizer. Ele ainda se lembra quando o trovão ribomba nas montanhas.

O NATAL DOS TROLLS

A casinha bonita da esquina estava toda iluminada na véspera de Natal. Havia um grande e luminoso pinheiro enfeitado com lindas estrelas e guloseimas e maçãs, e velas ardiam em cima da mesa, e as crianças faziam um silêncio impossível toda vez que ouviam um ruído ou um farfalhar na entrada de casa. De fato logo o bode de Natal chegou e perguntou se as crianças tinham sido boazinhas ao longo daquele ano. Todas responderam em uníssono que sim.

– Muito bem – disse o bode de Natal. – Se todos foram bonzinhos, ninguém vai ficar sem presentes. Mas preciso dizer a vocês que esse ano eu trouxe apenas metade dos presentes.

– Por quê? – perguntaram as crianças.

– É o que eu gostaria de explicar – disse o bode de Natal. – Eu venho de um lugar muito longe ao norte, onde espiei pela porta de muitas cabaninhas humildes. Lá eu vi muitas crianças pobres que não têm sequer um pedaço de pão para comer na ceia de Natal. Por isso eu dei metade dos presentes que eu tinha para elas. Não foi uma boa ideia?

– Sim, foi uma boa ideia, uma ideia gentil! – exclamaram as crianças. Mas Fredrik e Lotta a princípio ficaram em silêncio, porque Fredrik estava acostumado a ganhar sempre vinte presentes, e Lotta trinta. Sendo assim, pareceu um grande infortúnio receber apenas a metade.

– Não foi uma boa ideia? – o bode de Natal perguntou pela segunda vez.

Nesse momento Fredrik deu meia-volta e respondeu meio emburrado:

– Por que vamos ter um Natal tão ruim esse ano? Até os trolls vão ter um Natal melhor que o nosso!

E Lotta começou a chorar e perguntou:

– Quer dizer que eu só vou ganhar quinze presentes? Esse Natal vai ser bem melhor até na morada dos trolls!

– Muito bem – disse o bode de Natal. – Então não me resta mais nada a fazer senão levar vocês para lá.

E então ele pegou Fredrik e Lotta, um em cada mão, e os levou consigo, mesmo que os dois resistissem com todas as forças.

Zás-trás, as crianças voaram pelo ar. E de uma hora para a outra viram-se numa grande floresta em meio à neve. Fazia um frio assustador e a neve rodopiava, de forma que mal era possível ver as altas copas dos abetos que se erguiam por toda parte ao redor, e bem próximo se ouviam os uivos de lobos. Mas o bode de Natal – ah, ele tinha desaparecido mais uma vez, porque não podia esperar: naquela mesma noite faria visitas a muitas outras crianças bem mais comportadas do que Fredrik e Lotta.

As crianças começaram a gritar e a chorar, porém quanto mais gritavam, mais os lobos uivavam ao redor.

– Venha, Lotta – disse Fredrik. – Precisamos encontrar uma cabana na floresta.

– Acho que estou vendo uma luz ao longe, em meio às árvores – disse Lotta. – Vamos até lá.

– Não é luz nenhuma – disse Fredrik. – São apenas os sincelos nas árvores, que cintilam em meio à escuridão.

– Acho que estou vendo uma grande montanha à nossa frente – disse Lotta. – Será que pode ser Rastekais, onde Sampo Lappelill montou o grão-lobo na noite de Natal?

– Como assim? – exclamou Fredrik. – Rastekais deve ficar a setecentos quilômetros da nossa casa! Mas vamos subir a montanha para ver melhor os arredores.

Dito e feito. Os dois subiram em meio a altos montes de neve, passaram por cima de arbustos e árvores tombadas e um tempo depois chegaram à montanha. Lá havia uma portinha, e do outro lado parecia haver um brilho de luzes. Fredrik e Lotta seguiram o brilho, e logo em seguida notaram, com grande espanto, que a montanha era Rastekais e que eles estavam na morada dos trolls. Mas já era tarde demais para voltar atrás, e além disso os lobos estavam tão próximos que praticamente espiavam pelas frestas da porta.

Ainda surpresos, Fredrik e Lotta pararam junto à porta e viram diante de si um enorme salão onde os trolls celebravam o Natal. Eram milhares e milhares, porém todos muito pequenos, com pouco mais de cinquenta centímetros de altura, todos vestidos com trajes cinzentos e amarfanhados e também muito agitados, exatamente como na fábula de Sampo Lappelill. As crianças não tiveram medo do escuro, pois em vez de luzes os trolls usavam vaga-lumes congelados e troncos de árvore podres que brilhavam no escuro. Quando precisavam de iluminação melhor, eles acariciavam as costas de uma enorme gata preta, que se punha a chispar, e então muitos trolls gritavam:

– Não, não, já chega, está claro demais, ninguém aguenta uma coisa dessas!

Pois todos os trolls que existem no mundo fogem da luz e tornam-se zangados ao serem vistos da maneira como são. Por isso, mais uma vez havia uma grande celebração: os trolls haviam notado que os dias tornavam-se cada vez mais curtos à medida que o ano se aproximava do fim, e as noites cada vez mais longas. E assim mais uma vez os trolls acharam – como acham todos os Natais, pois todos sempre querem acreditar naquilo que desejam – que logo já não haveria mais dia, apenas uma noite eterna, e essa ideia despertava uma alegria tão sincera que todos se punham a dançar e a celebrar no interior da montanha à maneira própria dos trolls, que eram todos pagãos e não conheciam um Natal melhor.

Dava para notar que os trolls não estavam com muito frio. Eles ofereciam guloseimas de gelo uns para os outros em meio à noite fria de inverno e sopravam os pedaços de gelo para que não estivessem muito quentes quando fossem comê-los. Lá também havia uma seleção esplêndida de samambaias e patas de aranha, e além disso uma árvore de Natal feita de cristais de gelo – tudo enquanto um velho tomte fazia as vezes de bode de Natal.

O temível rei da montanha não estava com os trolls naquele ano, pois desde que havia estourado na casa pastoral às margens do lago Enare, ninguém mais sabia o que tinha sido feito dele, e muitos achavam que havia se mudado para Spitsbergen a fim de reinar em uma região pagã e manter-se o mais longe possível de pessoas cristãs. O reino do norte fora entregue ao rei do pecado e das trevas, que estava sentado no meio do enorme salão e chamava-se Mundus. Ao lado dele estava a rainha dos trolls, chamada Caro (mesmo que esse soe como um nome de cachorro), e os dois tinham longas barbas. Eles haviam trocado presentes de Natal, como outras pessoas. O rei Mundus havia dado à rainha Caro um par de pernas de pau, tão altas que, ao usá-las, ela se transformava na mulher mais soberana do mundo, e a rainha Caro havia dado ao rei Mundus uma tesoura de luz, tão enorme que com ela era possível cortar todas as luzes do mundo – e, assim que a recebeu, ele apagou-as todas. Muitos gostariam de receber uma tesoura de luz dessas como presente dos trolls.

E naquele instante o rei Mundus se levantou do trono e proferiu aos trolls reunidos um discurso solene, no qual proclamou que logo não existiria mais luz, e que assim as sombras e as trevas dominariam tudo para sempre, e os trolls haveriam de governar o mundo. Os trolls logo se puseram a gritar:

– Viva, viva o nosso grande rei Mundus e nossa bela rainha Caro, e também o poder eterno das trevas! Iúpi! Iúpi!

O rei perguntou:

– Onde está o meu batedor das alturas, que foi enviado ao mais alto pico da montanha para ver se ainda resta uma franja de luz nesse mundo?

O batedor se apresentou e disse:

– Senhor rei, vosso poder é grande. Tudo está às escuras!

Passado mais um tempo o rei perguntou:

– Onde está o meu batedor?

E o batedor se apresentou.

– Senhor rei – ele disse –, vejo que no horizonte há uma pequena luz, como o brilho de uma estrela ao sair de trás de uma nuvem escura.

E o rei disse:

– Volte ao pico da montanha!

Passado mais um tempo o rei perguntou:

– Onde está o meu batedor?

E o batedor se apresentou.

– Senhor rei – ele disse –, o céu está repleto de nuvens escuras de neve, e já não vejo mais aquele pequeno brilho.

O rei disse:

– Mesmo assim, volte ao pico da montanha.

Passado mais um tempo o rei perguntou:

– Onde está o meu batedor?

E o batedor se apresentou. Mas nessa hora o rei notou que o batedor estava cego e tremia.

O rei perguntou:

– Meu leal batedor, por que você treme? E por que está cego?

O batedor respondeu:

– Senhor rei, as nuvens se dissiparam, e uma estrela maior e mais clara do que todas as outras brilha na cúpula do céu. É por isso que tremo, e o brilho da estrela me deixou cego.

O rei perguntou:

– O que significa isso? A luz não havia sumido, e o poder das trevas não é eterno?

Todos os trolls ao redor mantiveram-se em silêncio, aterrorizados, e ninguém respondeu.

Por fim um deles disse:

– Senhor rei, há duas crianças humanas à nossa porta. Vamos perguntar a elas; talvez saibam mais do que nós.

E o rei disse:

– Tragam as crianças.

Logo Fredrik e Lotta foram conduzidos ao trono do rei, e não seria difícil imaginar que os dois estavam muito temerosos. A rainha percebeu o medo das crianças e disse para uma das velhas tomtar ao redor do trono: dê a esses pobrezinhos um pouco de sangue de dragão e umas cascas de rola-bosta para que se regalem, e também para que abram a boca!

– Comam e bebam! Comam e bebam! – exclamou a tomte. Mas as crianças não sentiram nenhuma vontade.

O rei disse para as crianças:

– Agora vocês estão sob o meu poder, e eu posso transformá-los em corvos ou em aranhas. Mas vou fazer uma charada, e se conseguirem adivinhá-la vocês podem voltar para casa sãos e salvos. Vocês aceitam?

– Sim – disseram as crianças.

– Muito bem – disse o rei. – O que significa uma luz que surge em meio à mais escura noite do inverno, quando toda a luz desapareceu e os trolls dominam o mundo? No oriente distante surgiu uma estrela que brilha mais do que todas as outras e ameaça derrubar o meu reinado. Digam-me, crianças: o que significa essa estrela?

Lotta disse:

– Essa é a estrela que surge em Belém na noite de Natal e ilumina o mundo.

O rei perguntou:

– Mas por que a estrela brilha tanto?

Fredrik disse:

– Porque foi nessa noite que o nosso Salvador nasceu, e ele é a luz que ilumina o mundo. E a partir dessa noite a luz ganha cada vez mais força, e os dias se tornam cada vez mais longos.

No trono, o rei começou a tremer dos pés à cabeça e tornou a perguntar:

– Como se chama esse rei e senhor da luz, que nasceu nessa noite e veio livrar o mundo do pecado e das trevas?

E as crianças disseram:

– Jesus Cristo, filho de Deus.

Mal as crianças haviam fechado a boca e toda a montanha começou a vibrar e a estremecer e a desabar, e uma rajada de tempestade correu pelo salão e derrubou o trono do rei, e a estrela despontou no céu e iluminou até mesmo as fendas mais escuras, e todos os trolls desfizeram-se em sombra e fumaça até que não houvesse mais nada além da árvore de Natal feita de gelo, que logo também começou a brilhar e a derreter, enquanto nas alturas do céu as vozes dos anjos começaram a soar como harpas. Mas as crianças taparam o rosto com as mãos e não se atreveram a olhar para cima, e foram tomadas por um sono como aquele que vem quando estamos muito cansados, e nada mais souberam a respeito da forma como deixaram a montanha.

Quando acordaram, Fredrik e Lotta estavam cada um na sua cama, o fogo ardia na estufa e a velha Kajsa, que tinha por hábito acordá-los, disse ao lado das camas:

– Se apressem! Está na hora de ir para a igreja.

Fredrik e Lotta sentaram-se nas camas e olharam surpresos para Kajsa, como se ela medisse apenas cinquenta centímetros de altura, tivesse barba e quisesse oferecer-lhes sangue de dragão e cascas de rola-bosta. Porém logo os dois notaram que a mesa do café da manhã estava posta com bolinhos de Natal, pois na manhã de Natal todas as crianças ganhavam café, mesmo que em geral não fosse assim. E na rua ouvia-se o dobre dos sinos, as pessoas caminhavam em longas fileiras rumo à igreja e velas acesas iluminavam todas as janelas, porém mais do que tudo brilhava a igreja.

Fredrik e Lotta trocaram um olhar mas não tiveram coragem de contar a Kajsa que haviam estado no Natal dos trolls. Talvez ela nem acreditasse, e em vez disso simplesmente desse risada e então dissesse que tinham dormido a noite inteira, cada um na sua cama. Você não sabe, e eu não sei, e ninguém sabe ao certo como tudo se passou. Mas se você souber, e se eu souber, então vamos fazer de conta que não sabemos, e se ninguém souber, então ninguém sabe se você sabe e se eu sei, e agora você sabe o que sei eu, que nada sei, e seria divertido saber o que você sabe caso você saiba mais do que eu.

Mas uma coisa eu sei: as crianças muito insatisfeitas mais cedo ou mais tarde encontram os trolls. Recebem pedaços de gelo, sangue de dragão e cascas de rola-bosta em vez dos bons presentes que em casa desprezaram. Pois o príncipe do pecado e das trevas captura-as antes do que se imagina. E nessas horas é uma felicidade ver uma estrela luminosa despontar em meio às trevas do mundo e conhecer o nome que faz com que todo o mal perca as forças.

Fredrik e Lotta jamais esqueceriam o Natal dos trolls. Pouco importava que tivessem perdido todos os presentes de Natal. Os dois sentiram-se envergonhados, tão envergonhados que não tiveram coragem de erguer os olhos na igreja durante a manhã de Natal. Tudo estava claro e esplendoroso; a estrela de Belém tinha descido e acendido todas as luzes e brilhado nos olhares alegres de todas as crianças boas. Fredrik e Lotta entenderam muito bem, mas não tiveram coragem de erguer os olhos. E assim também decidiram ser crianças boas. Será que mantiveram a promessa? Não sei, mas gosto de pensar que sim. Quando você encontrá-los, não esqueça de perguntar.

O TOMTE DO CASTELO DE ÅBO

Era Nils Harakka, o ferreiro que forjava os ferros dos prisioneiros do castelo, quem contava essa fábula quando lhe ofereciam uma garrafa de cerveja. Ele afirmava ter visto o tomte e a torre da masmorra com os próprios olhos; mas ah, o que não veem ferreiros e moleiros? Nils Harakka tinha lido muito sobre história antiga, e assim conhecia as histórias contadas no passado.

Era uma vez um tomte de setecentos anos que morava numa arcada sob o castelo de Åbo. Ele tinha uma barba muito branca e muito longa, que lhe dava duas voltas na cintura, e além disso tinha as costas recurvadas, como um velho arco de aço tensionado. Gabava-se de ser o tomte mais velho do país; até mesmo o tomte da catedral, que tinha quinhentos e cinquenta anos, chamava-o de tio. Todos os duendes no país viam-no como o patriarca da linhagem, mas também era verdade que todos o temiam, porque gostava de ter as coisas todas em ordem. Ele era um bom tomte, um tomte muito honrado e majestoso, apesar do gosto um pouco inusitado.

Morava na arcada mais profunda sob o castelo de Åbo, chamada de torre da masmorra, onde antigamente eram postos os criminosos mais brutais e mais perigosos, que jamais tornariam a ver a luz do dia. Aquele era um palácio decorado com todo o conforto e toda a opulência possível, como gostam os tomtar. Não faltavam cascalhos, montes de lixo, velhos pedregulhos, vasos em cacos, tapetes puídos, pés de cadeira avulsos, brinquedos pisoteados, ferros corroídos, botas e luvas sem par, almofadas sem enchimento, fornilhos de cachimbo sem bocais, caixilhos de janela sem vidraça, tinas sem fundo, livros roídos sem capas e uma quantidade de outras tralhas indescritíveis. A torre era cuidadosamente enfeitada com teias de aranha nos mais variados padrões e fornida com pequenas poças d'água cediça, que haviam estagnado e melhorado o conteúdo por séculos. O ar nessa habitação subterrânea era agradavelmente viciado e atenderia os gostos mais exigentes; e, como para além disso também havia fardos de feno apodrecido e ossinhos de ratos mortos, seria fácil imaginar que o tomte sentia-se realmente à vontade por lá.

E sentia-se tão à vontade nessa confortável morada que raramente procurava companhias fora de casa. Quanto aos outros tomtar e duendes, o velhote da arcada não tinha opiniões muito favoráveis.

– O mundo hoje em dia é só bobagem – ele costumava dizer. – Para que mais servem os tomtar agora, senão para construir casinhas e consertar brinquedos, engraxar botas e varrer o chão? As pessoas desprezam-nos e não têm nada a oferecer senão uma tigela de mingau na noite de Natal. Pois deviam ter visto os tomtar na minha época! Nós construíamos torres e políamos falésias!

Só havia dois amigos que ele costumava visitar: o velho tomte da catedral e o antigo zelador Matts Mursten. O primeiro ele visitava a cada vinte anos, e a cada vinte anos o tomte da catedral ia visitar o tomte do castelo. Eles tinham um atalho que seguia pela infame passagem subterrânea entre o castelo e a catedral – a passagem que, como você deve lembrar, todos em Åbo comentam, embora ninguém jamais a tenha visto. Os tomtar não tinham nenhuma dificuldade para se esgueirar por essa passagem estreita: conseguiam passar até mesmo através de um buraco de fechadura, mas para as crianças humanas era mais complicado. O zelador Mursten sabia disso melhor do que qualquer outro, porque foi a única pessoa viva a atravessar a passagem – e foi assim que ele teve o primeiro encontro com o tomte do castelo de Åbo.

Matts Mursten era na época um menino esperto de doze anos, para quem o mundo inteiro era leve como se dançasse no rabo de um bezerro. Ele procurava antigas balas de mosquete em meio ao cascalho nas arcadas do castelo quando uma bela manhã descobriu a abertura que levava à passagem subterrânea – e assim, movido pela curiosidade, resolveu descobrir para onde o túnel o levaria. Ele precisou rastejar, e à medida que avançava sentia as pedras que desabavam mais atrás e bloqueavam o caminho de volta. Porém Matts não se preocupou nem um pouco: afinal, em um lugar ou outro ele haveria de sair. Mas por fim aconteceu que a passagem também desabou à frente dele, e assim Matts não pôde mais ir nem para a frente nem para trás. Lá ele teria ficado preso até hoje, se o acaso não quisesse que aquele fosse justamente o vigésimo ano, quando os tomtar do castelo e da catedral tinham por hábito se visitar. O tomte do castelo estava a caminho da catedral quando encontrou o menino preso em meio ao cascalho, como um filhote de raposa na armadilha. E o tomte tinha um bom coração – os tomtar são muito suscetíveis, mas têm bom coração – e assim gritou para Matts:

– O que você está fazendo aqui?

– Estou procurando balas de mosquete – Matts respondeu tremendo.

O tomte riu.

– Segure firme o cano da minha bota – ele disse. – Eu vou ajudar você a sair!

Matts não disse nada, mas estendeu a mão no escuro e agarrou um cano de bota. Em seguida ele foi arrastado em meio a pedras e cascalhos, e em pouco tempo o tomte disse:

– Saia pelo alçapão!

Mais uma vez Matts não disse nada, mas estendeu a mão no escuro e sentiu um alçapão que podia ser aberto. Logo ele se viu no coro da catedral, e lá estavam o bispo com as solenes vestes da igreja e os pastores, todos prestes a iniciar a missa.

– Vejam só! – disse o bispo. – O que você estava fazendo na adega da igreja?

Matts pensou que um bispo não poderia ser mais perigoso do que um tomte, e respondeu que estava procurando balas de mosquete. O bispo achou que seria inadequado rir com as vestes solenes da igreja, e assim apontou para uma porta nos fundos do coro, e então Matts pôs-se a correr o mais depressa que podia.

E nesse dia teve início uma amizade entre Matts Mursten e o tomte do castelo de Åbo. Matts não o viu, porque o tomte passava boa parte do tempo invisível com o casaco cinza e a boina preta de couro de cordeiro – mas ao virar a boina do avesso ele se tornava visível. Como é costume entre os tomtar, o tomte do castelo gostava de ajudar Matts para que as coisas dessem certo no mundo. E, talvez por isso, tudo deu certo para o menino, tanto no ensino confirmatório como em outras atividades. Mas essa seria uma história longa demais para contar, então basta que você saiba que Matts Mursten tornou-se zelador do castelo de Åbo aos trinta anos de idade, e que desempenhou esse trabalho com muita honradez por cinquenta anos. Ele tinha oitenta anos quando se aposentou com uma pensão vitalícia, e depois viveu ainda outros anos naquele velho castelo em que outrora havia procurado balas de mosquete.

A amizade entre o tomte e o zelador nos últimos anos tornara-se tão próxima como seria possível para a amizade entre um tomte e um homem. Matts Mursten havia entregado o cargo de zelador para o marido da neta, o novo zelador Anders Tegelsten, e assim não precisava mais passar dia e noite preocupado, imaginando que os prisioneiros haveriam de fugir. Agora ele tinha tempo suficiente para andar de um lado para o outro e mexer com o que bem entendesse no velho castelo: Matts podia remediar estragos, fechar os buracos nas vidraças, por onde as tempestades ululavam durante as noites de outono, ou ainda impedir que a neve e a chuva entrassem por infiltrações no teto. Nessas andanças ele com frequência encontrava o tomte, que se dedicava às mesmas tarefas – porque esses dois sujeitos não tinham nada mais caro no mundo do que aquele castelo, e não poupavam esforços para conservar a construção decrépita. Ninguém mais se ocupava do antigo castelo: se continuasse em pé, estaria tudo bem; mas se desmoronasse, também estaria tudo bem.

O fogo lavrou, o tempo passou, invernos nevaram, verões choveram, rajadas estremeceram tijolos e chaminés, os ratos roeram o assoalho, o pica-pau esburacou as janelas, os troncos guardados apodreceram, as arcadas do porão ameaçavam ceder e as torres davam a impressão de haver se inclinado. O castelo de Åbo haveria se transformado numa pilha de escombros se o tomte do castelo não se ocupasse o tempo inteiro com o conserto daqueles estragos, e a partir daquele momento ele passou a ter um ajudante na figura do velho Mursten.

O coração de setecentos anos do tomte se enterneceu. E de repente, num belo dia, o tomte virou a touca de couro de cordeiro do avesso, colocando o forro de lã para fora, e assim se tornou visível. Por pouco o velho Mursten não caiu da escada que levava à torre quando viu diante de si o pequeno e sorridente tomte com a longa barba branca e as costas recurvadas. Em meio ao espanto, quase fez o sinal da cruz, que ainda era usado na época de sua infância, porém o tomte se adiantou.

– Você está com medo de mim? – ele perguntou.

– Nah – respondeu o zelador com a voz trêmula, embora estivesse mesmo com medo... – A que devo a honra...?

O tomte riu com o jeito astuto de sempre.

– Ora, você já não teve a honra de me conhecer? Quando você ainda tinha doze anos, quem foi que lhe disse "Segure firme o cano da minha bota"? Quando o pastor lhe perguntou "O que é isso" na catequese, quem foi que cochichou no seu ouvido? Quando você dormiu com o livro na mão, quem foi que soprou a vela? E quem foi que buscou a sua bota do mar quando você caiu do cais? Quem foi que passou o mata-borrão quando você preencheu o formulário para o cargo de zelador? E quem você acha que todas as noites andava aqui pelo castelo enquanto você dormia, cuidando para que as portas dos prisioneiros estivessem sempre bem trancadas? Era eu, Matts Mursten! Somos velhos conhecidos; tornemo-nos pois amigos!

O zelador sentiu-se muito constrangido. Ele já tinha imaginado quem era aquele à sua frente, porém lhe ocorreu que, como um bom cristão, seria um pouco macabro ter a companhia de um troll. Mas ele tentou manter uma boa aparência e, a partir daquele momento, acostumou-se a encontrar o tomte ora aqui, ora acolá durante as andanças pelo castelo – às vezes no sótão, às vezes nas escadas, às vezes nas arcadas.

Sempre valia a pena ouvir o tomte falar sobre o castelo de Åbo. Ele havia estado por toda parte desde a construção do castelo, e lembrava-se de tudo como se tivesse acontecido ontem. Ele tinha visto Érico XI, o santo e também Santo Henrique de Uppsala: um desses santos tinha uma verruga na cara, e o outro era manco. Ele conhecia todos os líderes que haviam estado no castelo em mais de seiscentos anos: o valente conselheiro Thure Bjelke, o famoso Hans Kröpelin, o temível nobre Thomas Wolf, o duque Johan e a corte iluminada, o rei aprisionado Érico XIV, Ebba Stenbock, que rezou em meio a salvas de canhão, Carlos IX, que escreveu o aviso no alto da porta, Gustavo Adolfo, que sobreviveu às chamas, Pehr Brahe, que recebeu os primeiros professores da academia de Åbo, e muitos, muitos outros homens célebres. Com todos esses o tomte havia invisivelmente sentado à mesa, graças à invisibilidade, e também graças à invisibilidade havia bebido das taças de vinho e escutado as mais secretas conversas. O tomte sabia descrever as presilhas na blusa de Ebba Stenbock, as rendas na gola de Gustavo Adolfo e a fivela de prata no cinturão de cavaleiro usado por Pehr Brahe. O tomte falava sobre as inúmeras batalhas, cercos e tragédias ocorridas no castelo em meio ao fogo e à guerra; o pior incêndio tinha ocorrido quando o tomte estava longe, fazendo uma visita aos primos – os tomtar de Raseborg e Tavastehus. Após essa dura lição, o tomte decidiu que nunca mais deixaria Åbo.

O zelador ouviu tudo ainda um pouco tímido, e não lhe ocorreu que uma simples fração daquele saber todo seria mais do que suficiente para tornar-se professor na universidade. Ele continuou a seguir o tomte de um salão para o outro, ao longo da arcada, e assim os dois chegaram à torre da masmorra.

– Você não gostaria de descer comigo e ver como eu moro? – perguntou o tomte.

– Ah; gostaria sim – respondeu o zelador, não sem um tremor secreto. Mas a curiosidade venceu: ele nunca tinha estado na torre da masmorra.

Ambos desceram, o tomte à frente e o zelador nos ombros dele. Quando já se encontravam seis ou sete braças sob a arcada, foi possível sentir o chão firme sob os pés. O lugar era escuro como breu, gelado e úmido e tinha o ar viciado.

– Não é uma casinha agradável? – perguntou o tomte.

– A depender do gosto de cada um, pode muito bem ser – o zelador respondeu em tom cortês. E no mesmo instante ele pisou nos ossinhos de rato, que estalaram sob os pés.

– Ah, vocês humanos têm um gosto esquisito por sol e ar fresco – riu o tomte. – Ainda bem que vivo melhor por aqui. Você já respirou ar mais saudável do que esse? E a luz por aqui é bem melhor do que o sol, como você há de ver. Murr, onde você está? Venha já conhecer o meu colega de trabalho...! Me desculpe, ela não está acostumada a ver outras pessoas; já se passaram mais de cem anos desde a última vez que recebemos visita em nossa agradável morada.

Com essas palavras uma sombra escura se moveu no canto mais distante, subiu no alto de uma pedra e abriu um par de grandes olhos verdes que faiscavam e brilhavam como brasas em meio à escuridão.

– O que você acha da minha iluminação? – perguntou o tomte.

– É uma gata? – perguntou o zelador, com o desejo secreto de estar o mais longe possível daquele lugar.

– Agora a Murr é uma gata, mas nem sempre foi assim. Ela é a minha vigia e a minha única companhia. Um ótimo animal de estimação quando não está brava. Mas, para evitar problemas, não chegue muito perto dela! Posso me virar sem companhias, mas preciso de uma vigia. Você gostaria de ver a minha câmara do tesouro?

– Muito obrigado, mas não tenho curiosidade – respondeu o zelador. Ele sentiu-se gelado e pensou que o tesouro do tomte devia ser estranho, como eram o ar e a iluminação daquela morada.

– Como? Por acaso o senhor acha que sou um mendigo? – respondeu o suscetível tomte. – Venha! Veja!

Com essas palavras o tomte abriu uma portinha de ferro enferrujado que, sob camadas de musgo, mofo e teias de aranha, escondia-se no canto mais escuro. A gata Murr atravessou a porta e com os olhos faiscantes iluminou uma arcada longa, muito longa, repleta de ouro, prata e pedras preciosas, roupas aristocráticas, armaduras suntuosas e outras preciosidades de outrora em quantidades incalculáveis. O tomte olhou para aqueles tesouros cheio de bem-estar e cobiça, pulou no ombro do convidado e disse:

– Admita, Matts Mursten, que não sou um pobretão como você tinha imaginado. Tudo isso é meu por direito. Toda vez que o castelo incendiava ou era destruído por um inimigo eu me fazia invisível e percorria os salões e arcadas recolhendo objetos valiosos que, segundo imagina-se, foram destruídos pelo inimigo ou então pelas chamas. Ah, como é bom, como é bom ser rico desse jeito!

– Mas o senhor, que é tão sozinho... o que o senhor faz com todas essas riquezas? – o zelador teve a coragem de perguntar.

– O que eu faço? Eu as admiro por mil anos! Eu as admiro todos os dias e todas as noites; e também as mantenho e protejo. Por acaso é sozinho quem vive nessas companhias?

– Mas e se um ladrão roubar o seu tesouro?

Murr entendeu a pergunta e fez labaredas estalarem. O tomte segurou o visitante assustado pelo braço e, sem responder nada, levou-o até uma outra porta de ferro escondida, na qual abriu uma fresta. Lá dentro ouviam-se urros terríveis, como os de cem bestas selvagens.

– Você sabia – exclamou o tomte, com a voz rouca de raiva –, você sabia que por mais de uma vez homens miseráveis já desejaram essas minhas riquezas? Esses ladrões estão presos aqui; hoje são todos lobos e, se você tentar o que tentaram, você também vai ter o mesmo destino.

– Que Deus me perdoe! – suspirou o tímido zelador, incomodado.

O bom humor do tomte voltou quando ele viu o susto que o visitante havia levado.

– Não leve o assunto tão a sério – ele disse. – Você é um homem honrado, Matts Mursten, e assim vou lhe dizer como são as coisas. Você está vendo que há uma terceira porta aqui, mas essa ninguém se atreve a abrir, nem mesmo eu. Lá no fundo, sob as fundações do castelo, no leito de rocha, está sentado um sujeito infinitamente mais velho e infinitamente mais poderoso do que eu. Lá está o velho Väinämöinen, rodeado por guerreiros, esperando, sempre esperando; mas, se espera pelo fim do mundo ou pelo futuro da Finlândia, eu não saberia dizer. O que sei é que a barba dele é bem mais longa do que a minha, e, quando for comprida o bastante para dar uma volta na mesa de pedra, então o mundo acaba. E essa barba cresce, cresce a cada dia que passa, e a cada novo dia Väinämöinen tenta, com um suspiro, circundar a mesa com a barba, mas ainda falta um pouco. Então ele se entristece, e as melodias da kantele ecoam tão claras pelo leito de rocha que até mesmo as antigas paredes do castelo escutam e o rio aqui fora transborda para ouvir melhor. E então despertam todos os guerreiros adormecidos que esperam o retorno do mestre, certos de que chegou a hora de erguer-se e bater as espadas contra os escudos, e assim o castelo estremece até as fundações...

– Não – prosseguiu o tomte. – Agora, meu amigo Matts Mursten, o mais aconselhável é que você retorne ao mundo lá em cima, pois aqui embaixo você pode ouvir mais do que suportaria ouvir. Mas eu já tinha quase esquecido que você é um visitante e assim merece um tira-gosto! Imagino que você dê valor a iguarias como teia de aranha em conserva e água de poça com especiarias? Não seja tímido, pode falar às claras! Apetece-lhe um caneco de cerveja? Muito bem, então venha comigo; estou bem fornido. Muitas vezes me perguntei como eu havia de conservar aquele lixo imprestável, mas agora vejo que afinal há de encontrar serventia.

E assim o tomte puxou um grande barril de carvalho embolorado, pegou uma taça de prata na câmara do tesouro e serviu um líquido marrom--escuro e translúcido. O zelador estava com muito frio e assim não pôde negar-se a beber, e achou a bebida saborosa como o mais nobre vinho. O líquido correu-lhe pelas veias como um sopro de calor em meio ao frio do inverno: ele atreveu-se inclusive a perguntar para o tomte onde havia conseguido uma bebida tão requintada.

– Não é nada de mais, apenas uma sobra dos barris da famosa cerveja finlandesa do duque João, que o duque passou a encomendar da Finlândia depois que foi coroado rei. A cerveja envelhece no barril e se torna mais saborosa, assim como a água das minhas poças. Guarde a taça como uma lembrança minha, porém não conte para ninguém; essas taças estão comigo há séculos.

A cerveja aos poucos subiu à cabeça de Mursten, e ele já estava mais alegre.

– Muito obrigado, tomte! – ele disse. – Será que eu poderia tomar a liberdade de convidar o senhor para um casamento depois de amanhã? A pequena Rosa, minha bisneta, vai se casar com o furriel Robert Flinta, e seria uma grande honra para nós se o senhor... se o senhor... No mesmo instante o velho tentou imaginar como o pastor reagiria à presença do tomte, e assim se calou.

– Vou pensar no assunto – respondeu o tomte.

O zelador subiu mais uma vez nos ombros dele, e logo os dois estavam de volta às arcadas do castelo, acima da torre da masmorra. O velho Mursten talvez jamais houvesse respirado tão aliviado como fez quando mais uma vez sentiu os pulmões se encherem de ar fresco e benfazejo. "Não", ele pensou após se despedir do companheiro, "nem mesmo por todos os tesouros dos trolls eu desceria outra vez à terrível torre da masmorra."

E logo começaram a limpar e a organizar o velho castelo; afinal, logo ocorreria um casamento! Mas não era nenhuma princesa com joias, não era sequer uma senhorita com bordaduras de prata que estenderia a mão a um bravo cavaleiro equipado com um elmo de plumas balouçantes e esporas tilintantes. Era uma simples menina de Åbo com um vestido de algodão costurado em casa – mas você devia ter visto como a pequena Rosa estava bonita! Nenhum príncipe e nenhum duque haveria de lançar-lhe um olhar de misericórdia: somente o intrépido furriel Robert Flinta, do batalhão de atiradores de elite, havia dado a entender que, se ela assim desejasse, poderia mais tarde se tornar a esposa de um general – a saber, quando ele fosse promovido a general. A pequena Rosa acreditou que assim seria, e logo aceitou o pedido de casamento feito pelo furriel.

Porém Robert tinha um rival: o primo, um sargento que costumava fazer a guarda do castelo e chamava-se Kilian Grip. Kilian olhava com bons olhos para Rosa, nem tanto em razão da pessoa que era, porém mais pelo dinheiro que imaginava que ela haveria de herdar com o tempo. Ele enfureceu-se com os avanços de Robert Flinta e, após consultar-se com a mãe Sara, a pior mexeriqueira de Åbo, resolveu descobrir qual seria a melhor forma de tirar o furriel da competição. Mas a estratégia não deu certo, pois antes que o sargento percebesse vieram os proclamas e a data da cerimônia.

E naquele instante tudo estava sendo limpo e arrumado na morada do zelador, em meio a alegria e entusiasmo. Providenciaram arranjos feitos com as primeiras folhas de bétula e tramazeira em maio, flores de azereiro foram postas nas janelas e até mesmo os sempre aguardados botões de rosa desabrocharam nos vasos justamente no dia da cerimônia. Os preparativos superaram todas as expectativas: os pães de trigo cresceram, as despensas encheram-se de coisas gostosas como que por conta própria e os ratos que pretendiam comê-las caíram todos nas ratoeiras. O castelo inteiro parecia rejuvenescido: todas as janelas quebradas estavam inteiras, todas as escadas decrépitas pareciam recém-consertadas, todas as chaminés derrubadas de repente estavam de pé e até mesmo os prisioneiros tiveram a impressão de que os buracos nas blusas xadrez haviam se consertado sem a ajuda de linha ou agulha. As pessoas fizeram-se muitas perguntas, mas o zelador imaginava saber muito bem quem estava por trás de todos aqueles cuidados gentis. Ele devia sentir-se agradecido, porém em vez disso pensou: "O que o pastor há de pensar quando o tomte entrar e virar do avesso a touca de couro de cordeiro?".

O dia do casamento chegou e os convidados apareceram, mas não se via tomte nenhum. O velho zelador suspirou aliviado e deixou-se levar pela alegria da ocasião. Havia música e dança e discursos bonitos, tão bonitos que teriam servido até mesmo a um marechal já estabelecido, e não apenas a um homem que pretendia chegar a essa posição. O velho e honrado castelo não via uma festa e uma noiva como aquelas desde a época de Pehr Brahe. A pequena Rosa estava tão bem e tão feliz com o vestido simples de noiva e uma rosa-mosqueta nos cabelos que ninguém tinha visto noiva mais bonita em muito tempo, e Robert Flinta apresentou-se com uma polonesa, como se já fosse no mínimo general.

Na hora do brinde à saúde da noiva, os copos chegaram e encheram-se por conta própria. E quando a pequena Rosa avançou, vermelha e branca, porém ainda mais vermelha do que branca, uma mão invisível pôs uma coroa de ouro cintilante na cabeça dela, e um brilho espalhou-se com um halo ao redor de seus cachos. No salão, tudo era espanto e admiração. Todos viram a coroa, mas ninguém viu quem a colocou na cabeça da noiva. Aos cochichos, as pessoas começaram a dizer que o pai da avó materna da noiva, o velho zelador, devia ter encontrado aquele tesouro nas arcadas subterrâneas do castelo.

Mais uma vez o velho Mursten guardou os pensamentos para si e esperou cheio de angústia o momento em que o tomte pudesse se revelar de repente em meio à companhia, abrir um sorriso de satisfação e dizer: "Aceite esse meu presente!".

Mas o tomte não apareceu – ou melhor: ele estava lá, porém invisível. A bandeja de café era oferecida aos convidados acompanhada dos pães bem crescidos, e nessa hora o zelador ouviu uma voz familiar de tomte cochichar-lhe ao ouvido:

– Posso levar uma fatia para a Murr?

– Leve quatro! Leve o cesto inteiro – o zelador respondeu assustado.

– A Murr, pobrezinha, também precisa se divertir um pouco – continuou a voz. – Como você bem vê, meu velho amigo, eu recebi o convite, mas não tenho vontade de virar a minha touca do avesso, porque não gosto muito do pastor. Como você acha que está a noiva com a minha coroa?

– Ela parece uma rainha.

– Também acho – disse o tomte. – Essa é a coroa de Catarina Jaguelônica, da época em que era duquesa da Finlândia e morava aqui em Åbo. Por que eu deixaria o rei Érico roubá-la durante a invasão ao castelo? Mas não fale a respeito disso; as pessoas talvez achassem que roubei a coroa.

– Não vou falar nada – sussurrou o zelador. – Será que posso oferecer uma rosca para a Murr?

– A Murr come apenas uma vez a cada quinze anos, e já tem o suficiente até lá – respondeu o tomte. – Então adeus, e obrigado pelo banquete! Aqui em cima é claro demais; estou ansioso para voltar à minha agradável torre da masmorra.

Com essas palavras os cochichos cessaram, e o zelador, ao compreender que o tomte havia retornado à masmorra onde vivia, sentiu-se deveras satisfeito por ter escapado de um convidado tão problemático a um preço tão baixo.

Tomado por essa alegria, ele bebeu um copo inteiro de vinho quente à saúde da noiva. Porém o tímido Mursten não devia ter agido dessa forma, pois já era velho, e o vinho subiu-lhe à cabeça, assim como a cerveja havia subido dois dias atrás. Ele tornou-se falante e mais uma vez se esqueceu de conter a língua.

Naturalmente a tia Sara e o filho também haviam comparecido ao casamento. Sara estava sentada ao lado do velho zelador e não se conformava com aquela coroa valiosa. A noiva, uma menina pobre, na opinião dela poderia muito bem haver se dado por satisfeita com uma coroa de murta; para que incentivar uma vaidade daquelas? Seria melhor ter vendido a coroa para o ourives e recebido dinheiro em vez de parecer orgulhosa em meio aos outros. E, pensando bem, ninguém sabia ao certo a quem pertencia a coroa. Se Mursten a tinha encontrado nas arcadas do castelo, então a coroa pertencia ao governo, porque todo o castelo pertencia ao governo.

– Eu não achei essa coroa. Não fui eu que a dei para a noiva – o zelador respondeu irritado.

– Ora, mas quem mais poderia ter ofertado à noiva um presente tão requintado? – Sara perguntou.

– Não diz respeito à senhora – respondeu o zelador.

– Não diz respeito a mim? Não diz respeito a mim se o fiscal aparecer na casa do meu sobrinho, o noivo, e disser: "Agora o senhor vai ter que se explicar, furriel, porque essa coroa é roubada!".

O honrado Matts Mursten ficou muito irritado, e no calor do momento começou a falar mais do que devia sobre o tomte e o tesouro na torre da masmorra. Sara conseguiu desvendar o segredo, e a seguir deixou a língua correr solta, para que logo todos os convidados soubessem tudo o que ela sabia e talvez até um pouco mais. Porém Sara Grip era ainda mais cobiçosa do que mexeriqueira. Sendo assim, ela procurou o filho – o sargento, que também se encontrava em meio à companhia – e cochichou-lhe que havia um enorme tesouro escondido na torre da masmorra, e que seria necessário pegá-lo o mais breve possível, antes que a notícia chegasse a outras pessoas. Kilian Grip logo estava pronto, e assim os dois esgueiraram-se para longe da festa, munidos de pá, lampião, picareta e escada de corda, e foram sem chamar nenhuma atenção às arcadas que levavam à torre da masmorra.

Estava escuro nas arcadas subterrâneas; cada passo era ouvido duas vezes em razão do eco e os ratos fugiam assustados para todos os lados. O lampião projetava um brilho incerto sobre as paredes empoeiradas e cinzentas, onde grandes aranhas rastejavam de um lado para o outro e por vezes uma sombra desconhecida deslizava.

– Você não ouve passos atrás de nós? – perguntou Sara.

– É o eco das paredes – respondeu Kilian.

Por aquelas passagens desertas a pequena Rosa havia caminhado sozinha inúmeras vezes, tanto no escuro como na luz do dia, sem jamais temer nada – porém a consciência pesada leva as pessoas a tremer ante o menor ruído. Mais uma vez Sara perguntou:

– Você não viu uma sombra se mexer na parede à direita?

– Era a sua própria sombra, mãe – respondeu Kilian. Assim como Sara, ele não imaginava que durante todo esse tempo o tomte invisível seguia-os a cada passo.

Ao fim de uma longa busca, os dois por fim encontraram a torre da masmorra. O lugar parecia terrivelmente desagradável: um ar gélido e viciado recebeu-os nas profundezas. Será que se atreveriam a entrar naquele buraco frio e escuro?

– Não entrem! – dizia a consciência.

– Entrem de uma vez! – dizia a cobiça.

O sargento pegou a escada de corda, prendeu-a na entrada da masmorra e começou a descer, seguido pela mãe.

Os dois mal haviam chegado lá embaixo quando o lampião se extinguiu, pois o ar lá no fundo estava repleto de miasmas nocivos. A escuridão preta envolveu-os como um saco e eles tentaram reacender o lampião, porém não houve jeito: a chama não conseguia arder naqueles miasmas sufocantes. Logo duas brasas estalaram em meio à escuridão. Era a gata Murr.

– Acho melhor subirmos de volta – Sara disse já tremendo em um cochicho, e o filho concordou.

Porém os dois mal haviam posto os pés na escada de corda e o castelo estremeceu com um ribombar terrível: uma grande quantia de pedras e de cascalho desabou para o interior da masmorra, preencheu a abertura e obstruiu a passagem de volta. No mesmo instante o tomte virou a touca do avesso e, sob o brilho dos olhos da gata, Sara e Kilian viram aquela pequena figura cinzenta e recurvada, de olhos vermelhos e barba longa. O sargento e a mãe quase haviam sentado, tamanho o susto, porque naquele instante o mesmo tomte que pouco antes havia se mostrado bem-disposto em relação ao velho zelador parecia implacável e zombeteiro.

– Sejam bem-vindos à minha humilde morada! – riu o tomte. – Foi muita bondade de vocês me fazer uma visita; em agradecimento, pretendo mantê-los aqui para todo o sempre. A torre da masmorra desabou, e ninguém mais pode sair. Olhem bem ao redor: podemos levar uma vida muito agradável juntos, até que vocês estejam tão velhos quanto eu. Todos os dias podemos comer aranhas delicadas no café da manhã, ratos fresquinhos no almoço e o mais requintado mofo no jantar. Prometo fazer-lhes companhia dia e noite e mostrar-lhes o meu tesouro... o mesmo tesouro que tanto despertou o interesse de vocês, mas que nunca vai lhes pertencer. A Murr vai ronronar para vocês; Sara, você deve saber que quinhentos anos atrás a Murr era uma mexeriqueira sovina como você é hoje, e que acabou comigo pela mesma razão que você. Quando chegou ao fim da vida humana ela transformou-se numa gata, e a mesma honra há de recair sobre você, minha cara. Veja como os olhos de Murr brilham de satisfação ante a perspectiva de uma nova companheira! Quanto a Grip, você há de se tornar sentinela da minha câmara do tesouro. Se você fosse honrado, meu rapaz, eu faria de você um cachorro, mas, como você é um ladrão, ao fim da vida humana há de se transformar num lobo em meio aos outros lobos. Ouça como eles uivam de alegria!

O sargento Grip foi tomado pelo desespero. Ele se jogou em cima do tomte com a intenção de arrebentá-lo contra a parede. Mas foi em vão; não agarrou mais do que o ar, e logo sentiu as garras de Murr em seu pescoço. O tomte riu.

– Podem ir ao encontro dos amigos de vocês na masmorra, porém cuidem para não serem estraçalhados!

Kilian Grip e a mãe Sara tiveram de ir ao encontro dos lobos; é possível que até hoje uivem por lá. As pessoas se perguntaram para onde teriam ido – mas quem se ocupa com uma mexeriqueira, e quem chora por um ladrão?

No dia seguinte o velho zelador Mursten disse para a bisneta Rosa, que havia casado na véspera:

– O casamento estava muito bonito, e você como noiva parecia uma princesa. Menina, você sabe quem usou aquela coroa em outra época? Ninguém menos do que Catarina Jaguelônica, a duquesa da Finlândia.

– Vô, você só pode estar me fazendo de boba – disse Rosa.

– Você não acredita? Eu sei com a mais absoluta certeza. Traga a coroa para cá e você vai ver que ela está marcada com a insígnia real.

Rosa foi até o armário onde havia guardado o vestido de noiva, porém voltou surpresa. A coroa havia desaparecido. No lugar dela havia apenas um pedaço de metal enferrujado.

O armário foi vasculhado de cima a baixo, mas a coroa não estava mais lá.

– Ah, seu velho maluco – disse o zelador para si mesmo –, você não devia ter aberto a boca. Um segredo me foi confiado mediante a promessa de silêncio, mas eu o cochichei no ouvido de outra pessoa. Menina, menina, jamais traia um segredo confiado a você mediante uma promessa de silêncio!

Rosa achou que o avô estava começando a virar criança outra vez. Afinal, ele já tinha oitenta e oito anos.

Mesmo assim, o zelador Mursten viveu outros dois anos, mas nunca mais retornou às arcadas e às escadas da torre; ele sentia as pernas fracas e suspeitava que talvez estivesse começando a envelhecer. Mursten não tinha vontade de reencontrar o velho amigo tomte, porque havia percebido através de vários sinais que o tomte já não tinha uma disposição muito amistosa em relação aos ocupantes do castelo. Nunca mais os cômodos amanheceram organizados por mãos invisíveis, nem as flores regadas ou os muros decrépitos reparados sem que ninguém soubesse como ou por quem. O castelo tornava-se mais decrépito a cada dia que passava; não adiantava sequer fazer consertos e reparos, pois nada conseguia resistir ao poder da ruína que se abatera sobre a antiga fortificação.

Um dia o velho Mursten disse para Rosa:

– Leve-me a dar uma volta pelo castelo!

– Claro – disse Rosa. – Para onde você quer ir, vô? Quer descer às arcadas, ir aos salões ou à torre?

– Não, não, nem aos salões nem à torre; eu talvez encontrasse um conhecido nas escadas. Leve-me a uma janela aberta com vista para o rio Aura.

Preciso de ar fresco, pois imagino ainda sentir o ar viciado da torre da masmorra.

– Então vamos para o salão oeste, que dá para a foz do rio. Hoje faz um belo dia de verão; vou levar o menino conosco em um carrinho.

Naquela altura Rosa tinha um menino, batizado com o nome de Erik em homenagem ao rei.

Os dois caminharam vagarosamente pelo castelo. Tudo estava muito bonito enquanto o sol de juventude eterna iluminava as paredes sólidas, antigas e cinzentas, e também aquele senhor de quase noventa anos que pela última vez dava um passeio pelo castelo que lhe era tão caro. Ao olhar pelas vigias, Matts Mursten viu as águas do castelo cintilarem em silêncio ao pé da torre, enquanto o celebrado rio Aura derramava em pleno mar as águas reluzentes de seu leito, e mais além, no ponto mais distante que o olho alcançava em direção a Erstan, rumo a Pohjasalmi e Runsala, viam-se centenas de velas brancas que se balançavam enfileiradas nas brisas do entardecer de verão.

O velho zelador admirou aquela cena esplêndida com os olhos rasos de lágrimas. Naquele momento estava no mesmo cômodo, já em parte arruinado, onde o rei Érico XIV outrora havia passado dias chorando, e onde ainda era possível ver o assoalho gasto pelo caminhar incansável daquele homem.

– Ah – suspirou o velho –, as presas do tempo não poupam sequer a memória de um rei! Logo esse aposento há de ruir; e logo todo esse belo e antigo castelo há de espalhar-se feito cascalho sobre o meu túmulo. A mais antiga fortificação de toda a Finlândia em pouco tempo há de transformar-se numa pilha de escombros, e as gralhas debalde hão de procurar um muro capaz de abrigar os ninhos. Se eu pudesse com os parcos dias que restam salvar o castelo da ruína, de bom grado eu daria a minha vida por essa antiga fortificação!

– Pois não seria de grande valia! – uma voz conhecida disse no mesmo instante.

O zelador se virou e viu o tomte sair de uma rachadura na parede com a touca virada do avesso.

– É o senhor? – perguntou o zelador, como as pessoas costumam fazer em um encontro inesperado.

– Acho que sou – riu o tomte. – Mas eu saí da torre da masmorra e me mudei para uma toca de rato. Eu já não aguentava mais a velha Sara falando nos meus ouvidos lá embaixo. Uma mexeriqueira como aquela é capaz de pôr até mesmo um tomte em fuga. Pfui, estou duro de ouvido, e além disso começo a me sentir velho. O mundo hoje em dia é só bobagem. Os tomtar hoje já não têm mais importância. O que mais fazem além de assustar meninas medrosas em sótãos escuros? Ah, sim: constroem casinhas, engraxam botas e varrem o chão. Deviam ter visto os tomtar na minha época!; nós construíamos torres e políamos falésias!

– É verdade – suspirou o zelador. – O mundo está cada vez pior. Na minha juventude, um zelador sozinho podia capturar dois prisioneiros fujões; hoje em dia pediriam ajuda a quatro carcereiros! O que o senhor pretende fazer agora que resolveu deixar o castelo ruir?

– Será mesmo que deixei? – rosnou o tomte. – Eu tenho as minhas razões. Andei de mau humor. Porém o velho castelo sempre esteve no meu coração. Ainda vou ter que esperar mais uns séculos, até que a barba do velho lá embaixo tenha dado a volta na mesa de pedra. Agora falta apenas um palmo. Que história foi aquela de dar a vida pelo castelo?

– É o que eu gostaria de fazer, se ainda estiver no poder do senhor – disse o zelador.

– Mas de que serviria a sua vida para mim, velhote? – riu o tomte. – A essa altura, ela pode ser contada em horas! Dê-me o menino, porque ele ainda tem setenta ou oitenta anos pela frente e pode me ser útil.

Ao ouvir essas palavras a pequena Rosa empalideceu e inclinou o corpo sobre o filho no carrinho a fim de protegê-lo.

– A minha vida – ela disse – você pode levar mil vezes, mas não toque no meu pequeno Erik!

O tomte franziu as sobrancelhas cinzentas e hirsutas, apoiou a mão espalmada na parede e balbuciou:

– Vocês humanos são esquisitos. Eu não consigo entender vocês. O que é uma vida humana? O que foi esse brilho de sol no Natal passado, e o que vai ser no próximo Natal? O que foi esse menino ontem, e o que vai ser o velho de amanhã? Não, eu acho que nossa vida de tomte é melhor. Eu não gostaria de trocar.

Rosa ofendeu-se ao ouvir essas palavras, e assim tomou coragem e ergueu o rosto.

– Tomte – ela disse –, mesmo que você tivesse mil anos e vivesse outros mil, saiba que nós vivemos uma vida mais longa do que você!

Essas palavras afiadas puseram o sangue do suscetível tomte de setecentos anos a ferver.

– Culpe a si mesma, a formiga que desafia um braço poderoso! – ele bradou com uma voz terrível, e a seguir bateu a mão na parede com a força de um gigante: um pedaço grande como um rochedo desprendeu-se e rolou com um estrondo pela encosta. Mais uma pancada daquelas e a parede inteira viria abaixo.

Quando o tomte estendeu o pequeno mas terrível braço pela segunda vez, Rosa e o velho bisavô puseram-se de joelhos, prontos para serem esmagados pelo desabar das paredes no instante seguinte. Mas de repente o tomte deteve o braço e prostrou-se no chão: a expressão que pouco antes parecia ameaçadora tornou-se melancólica, e logo grandes lágrimas começaram a escorrer daqueles olhinhos vermelhos e brilhantes.

Rosa e o velho puseram-se a ouvir, tomados de espanto. Das profundezas do leito de rocha sob as fundações do castelo ouviu-se o soar de uma canção distante – uma música tão bela que seria impossível descrevê-la, porque jamais fora ouvida na terra. Não era possível distinguir as palavras, mas tampouco seria necessário: a música era mais do que palavras, e parecia nascer de uma alma viva.

– Vocês estão ouvindo? – o tomte perguntou a meia-voz, como se temesse perturbar o cantor das profundezas. – Vocês estão ouvindo? Esse é o velho que habita o coração da terra, aquele que é ainda mais velho do que eu. O futuro da Finlândia ainda não chegou, e por isso ele canta com tanta tristeza. Mesmo assim, tenho a impressão de que canta com um pouco mais de alegria do que antes.

Todos passaram um longo tempo escutando em silêncio. Por fim a canção silenciou, ouviram-se pancadas como a de armas se batendo e o castelo estremeceu até as fundações.

– Agora o velho no leito de rocha parou – disse o tomte –, e os homens dele batem as espadas contra os escudos. Foi bom que a canção tenha vindo no momento certo; de outra forma eu teria feito uma coisa da qual mais tarde viria a me arrepender. Levante-se, velho!

O zelador tinha caído ao chão.

– Levante-se, vô! – disse Rosa, tomando-o pelo braço, que tornou a cair.

O velho zelador Matts Mursten havia morrido enquanto ouvia a música, porque a canção de Väinämöinen sempre está ligada à vida e às coisas novas. Rosa e o filho pertenciam ao novo tempo: por isso ouviram a canção e puderam viver.

Os raios dourados do entardecer caíram sobre os respeitáveis cabelos brancos do falecido.

– Muito bem – disse o tomte, com uma estranha careta e uma nota até então jamais ouvida naquela voz. – Meu velho amigo levou aquele infeliz gracejo a sério. Pelo meu tesouro! Eu não queria nada com ele nem com o menino; queria apenas punir o falatório de vocês pregando uma peça. Mas você levou minhas palavras ao pé da letra, meu velho camarada, e assim eu também vou manter a minha parte da promessa. Pelo meu tesouro! Esse castelo vai continuar de pé no mínimo por outros quinhentos anos, enquanto eu tiver força nos braços. Mas esse tomte está cada vez mais frágil, como uma velha árvore, e meus braços ressentem-se. Poucos séculos atrás eu poderia ter derrubado aquele pedaço de parede apenas com o dedo mindinho, porém agora tive que usar a mão inteira. Já não vou aguentar muitos séculos...

– E agora você me deixou, velho colega! – prosseguiu o tomte. – Quem vai me ajudar a consertar nosso velho castelo de paredes decrépitas?

– Eu me disponho a fazer isso no lugar do meu bisavô – Rosa disse, fungando logo a seguir. – E quando o meu pequeno Erik crescer e tornar-se um homem, ele também vai amar esse velho castelo e ajudar o senhor, como o meu velho bisavô fazia.

– Então no fim ele vai mesmo ser meu ajudante – disse o tomte.

– Não – disse Rosa. – Ele vai ser um servo de Deus e dos homens durante a vida inteira.

O velho zelador recebeu um enterro digno, com salmos e dobres de sino. As pessoas não tinham nada de ruim a dizer sobre ele; disseram apenas que era um homem honrado, embora um pouco dado a superstições. Depois que ele faleceu a situação no castelo melhorou. O pedaço que havia se soltado da parede uma bela manhã apareceu recolocado no lugar original. Foi simples para os trabalhadores consertar as paredes decrépitas; as pedras caídas davam a impressão de serem leves feito casca de árvore. Todos os buracos e frestas reparavam-se a si mesmos, e à noite muitas vezes se ouvia o som de cascalho e de pedras sendo arrastadas pelos salões vazios. Era o tomte, que mantinha a promessa feita ao velho zelador. E de fato o castelo ainda hoje está de pé. É uma obra de arte inigualável. Experimente construir uma parede e deixar que o fogo lavre, que as balas cravejem-na, que a chuva a destrua, que o gelo a rache, que as tempestades a atinjam com toda a força, que os ratos cavouquem-na e os prisioneiros fujam por onde quer que haja uma pedra solta – e depois tente manter essa parede de pé por setecentos anos, mesmo abandonada! Experimente e veja se dá certo! Mas veja: essa velha construção, o castelo de Åbo, ri das garras do tempo e permanece de pé! Será mesmo estranho que as pessoas de antigamente acreditassem em tomtar?

Cara leitora, caro leitor

A **ABOIO** é um grupo editorial colaborativo.

Começamos em 2020 publicando literatura de forma digital, gratuita e acessível.

Até o momento, já passaram pelos nossos pastos mais de 400 autoras e autores, dos mais variados estilos e nacionalidades.

Para a gente, o canto é conjunto. É o aboiar que nos une e que serve de urdidura para todo nosso projeto editorial.

São as leitoras e os leitores engajados em ler narrativas ousadas que nos mantêm em atividade.

Nossa comunidade não só faz surgir livros como o que você acabou de ler, como também possibilita nos empenharmos em divulgar histórias únicas.

Portanto, te convidamos a fazer parte do nosso balaio!

Todas as apoiadoras e apoiadores das pré-vendas da **ABOIO**:

> —— **têm o nome impresso nos agradecimentos de todas as cópias do livro;**
> —— **são convidadas a participarem do planejamento e da escolha das próximas publicações.**

Fale com a gente pelo portal **aboio.com.br,** ou pelas redes sociais (**@aboioeditora**), seja para se tornar uma voz ativa na comunidade **ABOIO** ou somente para acompanhar nosso trabalho de perto!

Vem aboiar com a gente. Afinal: **o canto é conjunto.**

Apoiadoras e apoiadores

118 pessoas apoiaram o nascimento desse livro. A elas, que acreditam no canto conjunto da **ABOIO**, estendemos os nossos agradecimentos.

Adriane Figueira
Alexander Hochiminh
Allan Gomes de Lorena
André Balbo
André Pimenta Mota
Andreas Chamorro
Anthony Almeida
Arthur Lungov
Augusto Bello Zorzi
Bianca Monteiro Garcia
Caco Ishak
Caio Girão
Caio Narezzi
Calebe Guerra
Camila do Nascimento Leite
Camilo Gomide
Carla Guerson
Carlos Gustavo Galvão
Carolina Nogueira
Cecília Garcia
Cintia Brasileiro

Cleber da Silva Luz
Cristina Machado
Daniel Dago
Daniel Giotti
Daniel Guinezi
Daniel Leite
Daniela Rosolen
Danilo Brandao
Dayane Manfrere Alves
Denise Lucena Cavalcante
Denise Lucena Cavalcante
Dheyne de Souza
Diogo Cronemberger
Eduardo Nasi
Eduardo Rosal
Eric Muccio
Febraro de Oliveira
Fernando da Silveira Couto
Flávia Braz
Flávio Ilha
Francesca Cricelli

Francisco Bernardes Braga
Frederico da Cruz
   Vieira de Souza
Gabo dos livros
Gabriel Cruz Lima
Gabriela Machado Scafuri
Gael Rodrigues
Giovani Miguez da Silva
Giselle Bohn
Guilherme da Silva Braga
Gustavo Bechtold
Gustavo Gindre
   Monteiro Soares
Henrique Emanuel
Jadson Rocha
Jailton Moreira
Joao Godoy
João Luís Nogueira
João Luis Nogueira Filho
Júlia Vita
Juliana Costa Cunha
Juliana Slatiner
Juliane Carolina Livramento
Laura Redfern Navarro
Leitor Albino
Leonardo Pinto Silva
Lolita Beretta
Lorenzo Cavalcante
Lucas Ferreira

Lucas Lazzaretti
Lucas Prado
Lucas Verzola
Luciano Cavalcante Filho
Luciano Dutra
Luis Felipe Abreu
Luísa Machado
Manoela Machado Scafuri
Marcela Monteiro
Marcela Roldão
Marco Bardelli
Marco Giannelli
Marcos Roberto
   Piaceski da Cruz
Marcos Vinícius Almeida
Marcos Vitor Prado de Góes
Maria Inez Frota
   Porto Queiroz
Mariana Donner
Marina Lourenço
Marlene B. P. P. da Silva
Marylin Lima
Mateus Torres
   Penedo Naves
Maurício Bulcão
   Fernandes Filho
Mauro Paz
Menahem Wrona
Milena Martins Moura

Minska
Natalia Timerman
Natália Zuccala
Natan Schäfer
Otto Leopoldo Winck
Paula Maria
Paulo Scott
Pedro Torreão
Pietro Augusto
  Gubel Portugal
Rafael Mussolini Silvestre
Roberta Lavinas
Rodrigo Barreto
  de Menezes
Sergio Mello
Sérgio Porto
Thais Fernanda de Lorena
Thassio Gonçalves Ferreira
Thiago Henrique Guedes
Tiago Bonamigo
Valdir Marte
Weslley Silva Ferreira
Yuri Deliberalli
Yuri Phillipe
  Freitas da Cunha
Yvonne Miller

Coleção
Norte-Sul

1 *Noveletas*, Sigbjørn Obstfelder
2 *Mogens*, Jens Peter Jacobsen
3 *Contos de Natal e neve*, Zacharias Topelius
4 *Historietas*, Hjalmar Söderberg

Organização & Tradução
Guilherme da Silva Braga

ABOIO

EDIÇÃO
Camilo Gomide
Leopoldo Cavalcante

ASSISTÊNCIA EDITORIAL
Marcela Roldão

PREPARAÇÃO
Mariana Donner

REVISÃO
Camilo Gomide

CAPA
Luísa Machado

PROJETO GRÁFICO
Leopoldo Cavalcante

2023 © da edição Aboio. Todos os direitos reservados

© da tradução Guilherme da Silva Braga. Todos os direitos reservados

Grafia atualizada segundo o Acordo Ortográfico da Língua Portuguesa de 1990, que entrou em vigor no Brasil em 2009.

Os personagens e as situações desta obra são reais apenas no universo da ficção: não se referem a pessoas e fatos concretos, e não emitem opinião sobre eles.

Dados Internacionais de Catalogação na Publicação (CIP)
Aline Graziele Benitez — Bibliotecária — CRB-1/3129

Topelius, Zacharias, 1818-1898
   Contos de Natal e neve / Zacharias Topelius ; tradução Guilherme da Silva Braga. -- 1. ed. -- São Paulo : Aboio, 2023. -- (Coleção norte-sul)

   Título original: Läsning för barn.
   ISBN 978-65-85892-13-1

   1. Folclore 2. Folclore - Finlandês 3. Finlândia 4. Natal - Contos I. Título. II. Série.

23-186782   CDD-398.897

Índices para catálogo sistemático:
1. Folclore finlandês

Todos os direitos desta edição reservados à:

ABOIO

São Paulo — SP
(11) 91580-3133
www.aboio.com.br
instagram.com/aboioeditora/
facebook.com/aboioeditora/

Esta obra foi composta em Vollkorn e Adobe Text Pro.
O miolo está no papel Polén Natural 80g/m².
A tiragem desta edição foi de 300 exemplares
impressos na Gráfica Loyola (SP/SP).

[Primeira edição, dezembro de 2023]